MARSEILLE
MaSSiLIA
SOUND
SYSTEM

TEXTES ET DESSINS

DADOU

COULEURS MARIE FAVANTINES & BULBA

FIXILA PRODUCTIONS

CHLORO KING
PREMIÈRE ÉDITION
DÉPÔT LÉGAL : DÉCEMBRE 2020
ISBN : 978-2-9574094-0-2

FIXILA PRODUCTIONS 900 AVENUE DE LA POMPIGNANE 34000 MONTPELLIER
WWW.DADOUBD.COM

IMPRIMÉ CHEZ TOMOE À MONTPELLIER, FRANCE

9 MARS 2020
VÉLODROME
#OUESKON VA
PHACOMOCHERE
TAXIS
TAXI
TAXI
LICE
IONALE
MARSEILLE
ÉCOLE M.PAGNOL
ÉCOLE DU MICRO D'ARGENT
FACULTÉ DE DROIT B.TAPIE
HÔPITAL DE LA TIMONE
CLINIQUE DENTAIRE FERNANDEL
CLINIQUE DES TIBIAS ÉRIC DI MECO
CITÉ IHU
À JAMAIS LES PREMIERS

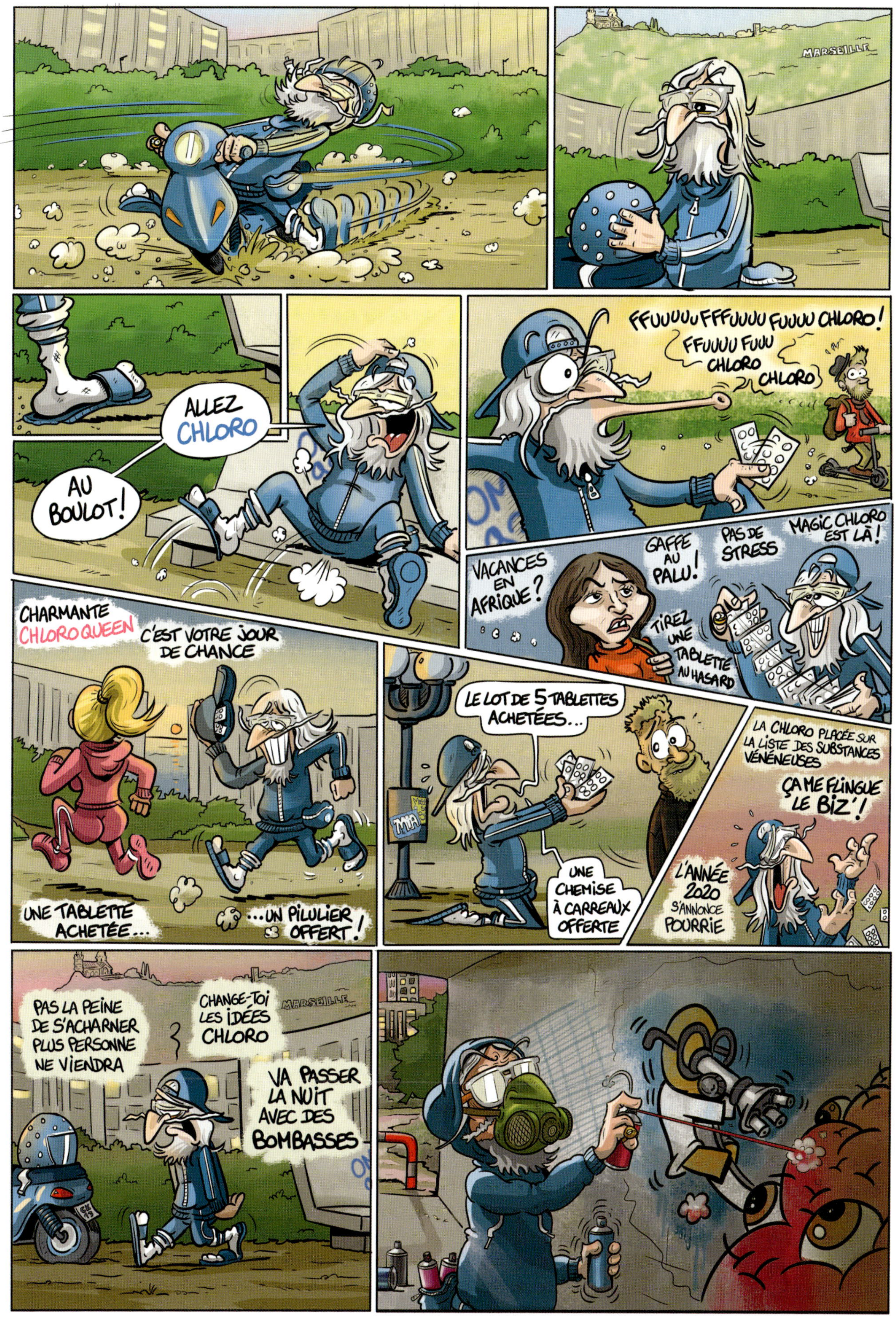
MARSEILLE
ALLEZ CHLORO
AU BOULOT !
FFUUUUFFFUUUU FUUUU CHLORO !
FFUUUU FUUU CHLORO
CHLORO
VACANCES EN AFRIQUE ?
GAFFE AU PALU !
PAS DE STRESS
MAGIC CHLORO EST LÀ !
TIREZ UNE TABLETTE AU HASARD
CHARMANTE CHLOROQUEEN
C'EST VOTRE JOUR DE CHANCE
UNE TABLETTE ACHETÉE...
...UN PILULIER OFFERT !
LE LOT DE 5 TABLETTES ACHETÉES...
UNE CHEMISE À CARREAUX OFFERTE
LA CHLORO PLACÉE SUR LA LISTE DES SUBSTANCES VÉNÉNEUSES
ÇA ME FLINGUE LE BIZ' !
L'ANNÉE 2020 S'ANNONCE POURRIE
PAS LA PEINE DE S'ACHARNER PLUS PERSONNE NE VIENDRA
CHANGE-TOI LES IDÉES CHLORO
VA PASSER LA NUIT AVEC DES BOMBASSES
MARSEILLE

LE 13 JANVIER "LA BUZYN" A TIRÉ LE FREIN À MAIN DE MA CARRIÈRE
BLACKLISTER LA CHLOROQUINE QUEL BAD BUZZyn
RIEN DE PIRE POUR FAIRE FUIR LE PATIENT MON QUOTIDIEN DÉSORMAIS ?
UNE POLYARTHRITE PAR-CI
UN LUPUS PAR-LÀ
MOI... LA STAR DES INFECTIOLOGUES
NIVEAU EXCITATION SCIENTIFIQUE J'AI CONNU PLUS BANDANT
J'AI UNE GROSSE CARRIÈRE... MA CLIENTÈLE ME RESTE FIDÈLE... C'EST PAS LE NOBEL DE MÉDECINE MAIS ÇA FAIT PLAISIR QUAND MÊME
NON DAME GIMENEZ
LA CHLORO NE DONNE PAS DE GAZ
FREINEZ SUR LES TOMATES FARCIES
VOUS IREZ MIEUX
FINIE L'ADRÉNALINE DES DÉCOUVERTES DE MALADIES TROPICALES
ADIEU LE TEMPS DES PREMIERS VIRUS
MON GÉNIE EST AU GARAGE
JE VAIS FINIR SUR LE BON COIN
TAPE PAS UNE DEP' JAMAIS NOUS TE LAISSERONS TOMBER
TU VEUX PASSER DE TA CHLORO MON COPAIN ?
J'APPELLE MES COUSINS
ET ILS RAPPLIQUENT LES CALIBRES GAVÉS DE PALU !!
TU ME RENDS DENGUE J'AI ENVIE DE TE SUC
ÉCOUTE MA ZIK ZIK ZIKA
LE FREAK C'EST CHIKUNGUNYA
AVEC NOUS PAS D'EMBROUILLE
ON PIQUE PAS DANS LA CAISSE
ON PIQUE DANS LA CUISSE !
JE LUI AI MIS LA FIÈÈÈVRE JAUNE PENDANT DES HEURES

11 MARS 2020
?
ALERTE PANDÉMIE MONDIALE
NEW
VIRUS
LE SARS-COV 2 QUI SÉVIT EN CHINE DEPUIS DÉCEMBRE S'ÉTEND AU RESTE DU MONDE.
L'OMS QUALIFIE L'ÉPIDÉMIE DE COVID-19 DE PANDÉMIE
L'AVIS DU Dr ZHONG
Dr ZHONG : "La chloroquine n'est pas un médicament miracle contre le Covid-19, mais il est efficace sur la maladie."
LE TONY MONTANA DU SRAS A RAISON !
EN 2005, DES ESSAIS IN VITRO ONT PROUVÉ L'EFFICACITÉ DE LA CHLOROQUINE SUR LE SARS-COV 1
SÛR QUE ÇA MARCHE SUR LE SARS-COV 2
THE COVID IS YOURS
OM
LE PATIENT ZÉRO CHINOIS S'EST INFECTÉ EN MANGEANT UN PANGOLIN
C'EST APPÉTISSANT UN PANGOLIN ??
BWEEAH

16 MARS 2020
FRANÇAIS, FRANÇAISES NOUS SOMMES EN GUERRE !
MES CHERS COMPATRIOTES, LA FRANCE VIT UN MOMENT TRÈS DIFFICILE...
NUL NE PEUT EN PRÉVOIR LA DURÉE
LES RÉUNIONS AMICALES OU FAMILIALES NE SONT PLUS PERMISES
RESTEZ CHEZ VOUS
OM 93
GARDEZ VOTRE CALME
NOUS SOMMES EN GUERRE
EN GUERRE SANITAIRE, CERTES
NOUS NE LUTTONS NI CONTRE UNE ARMÉE
NI CONTRE UNE AUTRE NATION
MAIS L'ENNEMI EST LÀ
INVISIBLE
INSAISISSABLE
QUI PROGRESSE
ET CELA REQUIERT NOTRE MOBILISATION GÉNÉRALE
OM 93
VIVE LA RÉPUBLIQUE
VIVE LA FRANCE !

DANS MA FAMILLE,
DEPUIS TOUJOURS NOUS RÉSISTONS !
EN FRANCE
...OU DANS DES CONTRÉES LOINTAINES
FACE AUX SITUATIONS LES PLUS DÉSESPÉRÉES
AVEC AU BOUT LE SUCCÈS
...OU PAS

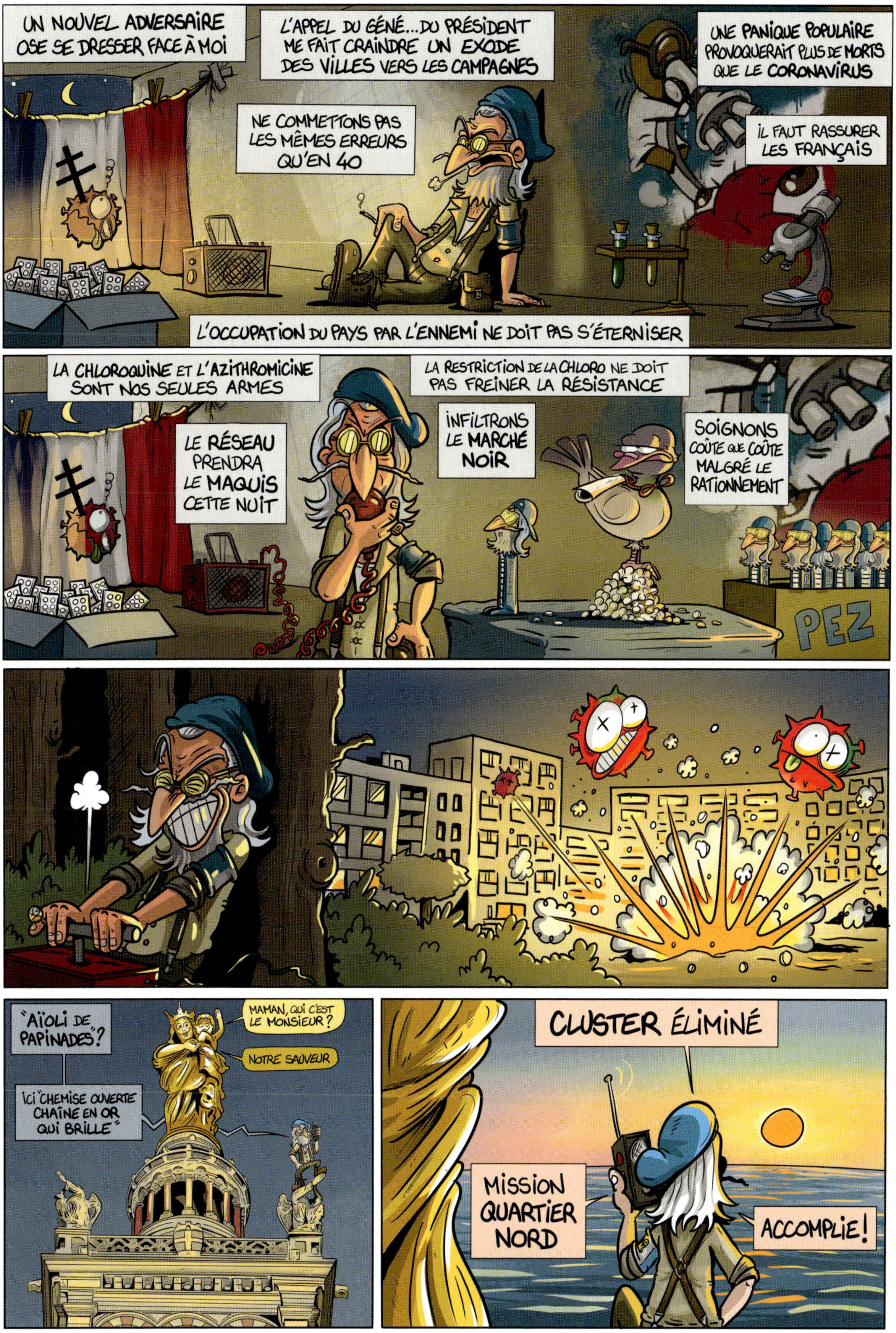
UN NOUVEL ADVERSAIRE OSE SE DRESSER FACE À MOI
L'APPEL DU GÉNÉ... DU PRÉSIDENT ME FAIT CRAINDRE UN EXODE DES VILLES VERS LES CAMPAGNES
UNE PANIQUE POPULAIRE PROVOQUERAIT PLUS DE MORTS QUE LE CORONAVIRUS
NE COMMETTONS PAS LES MÊMES ERREURS QU'EN 40
IL FAUT RASSURER LES FRANÇAIS
L'OCCUPATION DU PAYS PAR L'ENNEMI NE DOIT PAS S'ÉTERNISER
LA CHLOROQUINE ET L'AZITHROMICINE SONT NOS SEULES ARMES
LA RESTRICTION DE LA CHLORO NE DOIT PAS FREINER LA RÉSISTANCE
LE RÉSEAU PRENDRA LE MAQUIS CETTE NUIT
INFILTRONS LE MARCHÉ NOIR
SOIGNONS COÛTE QUE COÛTE MALGRÉ LE RATIONNEMENT
PEZ
"AÏOLI DE PAPINADES"?
MAMAN, QUI C'EST LE MONSIEUR ?
NOTRE SAUVEUR
ICI "CHEMISE OUVERTE CHAÎNE EN OR QUI BRILLE"
CLUSTER ÉLIMINÉ
MISSION QUARTIER NORD
ACCOMPLIE !

JE LES SOIGNERAI COMME UN MEMBRE DE LA FAMILLE
VOUS AVEZ MA PAROLE
MARSEILLE EST SOUS MA PROTECTION
MARSEILLE

TU COMPTES FAIRE QUOI AVEC CE DUO ???
NIQUER TA RACE !
CHLORO QUINE
FEATURING
AZITHRO MYCINE

VOUS CONNAISSEZ LA DIFFÉRENCE ENTRE UN MÉDECIN DE PLATEAU TÉLÉ ET UN DÉPUCELAGE ?
AUCUNE... DANS LES 2 CAS, ON N'Y CONNAIT RIEN MAIS ON FAIT LE MEC QUI SAIT !
RNC
HÉ HÉ HÉ HÉ
JE NE SUIS PAS MÉDECIN
JE NE SUIS PAS VIROLOGUE
MAIS JE VAIS VOUS EXPLIQUER LE CORONAVIRUS
S'IL VOUS PLAÎT
UN PEU DE CALME !
S'IL VOUS PLAÎT ON NE S'ENTEND PLUS DIRE N'IMPORTE QUOI
HÔPITAUX RUINÉS
ÉPIDÉMIE EN TEMPS DE CRISE
LABOS
VACCIN
MÉDECINS CORROMPUS
LES CHINOIS
GAFA
BOBOS GAUCHISTES
ISLAM POLITIQUE
COMME PAR HASARD
GRIPPETTE
ÉCHAUFFEZ-VOUS
BANC DES REMPLAÇANTS
VOUS ALLEZ RENTRER
MES P'TITES BEAUTÉS
J'AI TROUVÉ LE VACCIN DE LA DARKA
TESTONS-LE SUR GILLOU
FINI LE COVID
WOUH OUH
HA HA HOU HOU
FATOOOOOUUU AU SECOURS!!
TOUCHE PAS À MON PATIENT
LA SITUATION EST PLUS GRAVE QUE JE NE L'IMAGINAIS
JE DOIS AGIR
IL Y A NON-ASSISTANCE À PAYS EN DANGER
CHLORO QUINE FEATURING
LE REMÈDE AU COVID
CHLORO TV
JE L'AI !!!
0:29 / 40:38

LE REMÈDE JE L'AI, LES PATIENTS JE LES AI...
MAIS DES TESTS COUSIN...
J'EN AI PAS!!
MASSILIA SOUND SYSTEM
SANS TEST, J'SUIS QUÉ-BLO!
ET SOIGNER À L'ARRACHE C'EST PAS MON STYLE
J'AI APPELÉ PARIS
ILS M'ONT ENVOYÉ BOULER
LE MINISTRE?
J'ME MARRE!
IL NOUS EN FILERA QUAND LE VIRUS SERA MORT!!
SE LAISSE PAS FAIRE LE TYPE!
IL A RAISON! MARRE DE CETTE ADMINISTRATION
BIEN DIT!
J'AI 50 000 TESTS EN STOCK SI TU VEUX
VTO
TES VANNES TU TE LES GARDES!
J'AI L'HUMOUR EN MODE AVION!!
JE PLAISANTE PAS! L'ÉTAT N'A PAS VOULU DE MES TESTS VÉTÉRINAIRES
TOUS! JE LES VEUX TOUS!!
DANS UNE HEURE TU LES AS!
YEEES!! I'M ZE KING OF ZE DÉBROUILLE!
VÉTO TEST COVID
VÉTO TEST COVID
VÉTO TEST COVID
GRÂCE À TON MATOS, FIN MAI JE L'AURAI FUMÉ C'BATARD!!

MARSEILLAISES, MARSEILLAIS, BIENVENUE À L'IHU
L'INSTITUT CONTRE L'HYSTÉRIE UNIVERSELLE
OUPS
UNE SECONDE
J'AI OUBLIÉ D'AFFICHER MA MÉTHODE
SIMPLE
BASIQUE
ICI ON TE
SUIVANT !
ICI ON TESTE ON ISOLE ON SOIGNE
J'AI PERDU LE GOÛT DOCTEUR !
UN 51, UN RICARD, UN CASA JE FAIS PLUS LA DIFFÉRENCE
N'AIE CRAINTE
JE VAIS TE SOIGNER !
OOOH... TÉ-MA ! IL VA LE SAUVER !
ON DIRAIT JÉSUS
LEQUEL DE JÉSUS ?
CELUI DES MARIAGES ...DES BAPTÊMES
OH BONNE MÈRE...
IL EST BIEN LONG CE COTON-TIGE
IL VA LUI TESTER LE CERVEAU ?
MAMAAA... COMME TU DOIS SOUFFRIR
MÊME PAS EN RÊVE IL M'ENFONCE SON TRUC DANS LE PIF
OU ALORS SOUS ANESTHÉSIE
OH LES GADJIS !
C'EST POSSIBLE DE TAFFER EN SILENCE ?
IL S'ENFADE LE BARBU ?
SE PREND PAS POUR UNE MERDE LUI...
BAISSE D'UN TON GARÇON !
JE VAIS APPELER MON COPAIN TU VAS MOINS FAIRE LE BARBOT !!
LAISSE TOMBER VIENS, ON SE CASSE

GOOD NEWS ! TEST NÉGATIF !!
JE SUIS, SOULAGÉ
MAIS SOYEZ PRUDENT SORTEZ MASQUÉ !
60 ANS QUE JE LUI DIS DOCTEUR !
COUVRE-TOI TU VAS ME CHOPER LA MORT !!!

QUELS SONT VOS SYMPTÔMES ?
PLUS LA FORCE DE ME LEVER
L'ODORAT ?
JE SENS ...
... QUE ÇA VA PAS !
LE GOÛT ?
205 GTI
PLUS GOÛT À RIEN
LA CHLORO SOIGNE LE COVID MON POTE...
PAS LE BURN-OUT

LE VIRUS S'ATTRAPE EN L'AVALANT ?
OUI
LE COVID C'EST VÉGAN ?

VOILÀ... HUM.. JE.. EUH MA MAITRESSE EST POSITIVE AU COVID-19
ET JE CRAINS D'EN AVOIR LES SYMPTÔMES
VOUS TOUSSEZ SOUVENT ?
OU SEULEMENT QUAND VOTRE FEMME VOUS DEMANDE
"QUI C'ÉTAIT LA NANA AU TÉLÉPHONE ?"
?
?
LES FRANÇAIS DEVIENNENT FOUS !!
JE N'AI AUCUN REMÈDE CONTRE LA PANIQUE !!!
NOUS SOMMES PERDUS !!
VOILÀ... EXACTEMENT
TU L'ASSOCIES À L'AZITHRO
MAIS MÉFIE !!
PAS PLUS DE 2 CHLORO PAR JOUR !
VAS PAS ME TAPER UN BAD TRIP

JE VOUS AI CONSEILLÉ L'AIDE D'UN RESPIRATEUR
PAS D'UN ASPIRATEUR !

?
ENFANT-BULLE ?
NON... GROS HYPOCONDRIAQUE !

PRUDENCE !
UN VIRUS MENACE LA GALAXIE
VOS PAPIS ET MAMIES SONT EN DANGER
PFFFFF MÊME PAS PEUR DE CE VIRUS
REFILE LE COVID À PÉPÉ
ET C'EST PAS LA FORCE DE DARK VADOR QU'IL AURA ...
... C'EST LA VOIX !!!

CONCERTS ANNULÉS
EXPOS ET THÉÂTRES VIDES
COLLÈGES, LYCÉES ET FACS FERMÉS
HEUREUSEMENT IL ME RESTE LES AMBULANCIERS
BOÎTES DE NUIT RIDEAU BAISSÉ
FESTIVAL DE CANNES ANNULÉ
TALC
PLAIDOIRIES D'AVOCATS SUSPENDUES
HEUREUSEMENT, IL RESTE LES URGENTISTES
ZOOM
AFTERS CLOSED
EXAMS EN CONTRÔLE CONTINU
COMPETS SPORTIVES EN STAND-BY
HEUREUSEMENT IL ME RESTE LES ANESTHÉSISTES
OBLIGÉ DE SE FOUTRE EN CHÔMAGE PARTIEL !!!

27 MARS 2020
ICI, LE MINISTRE EST DEVENU FADA !
IL VIENT D'INTERDIRE AUX DOCS DE PRESCRIRE DE LA CHLOROQUINE
POURQUOI ???
IL LA JUGE DANGEREUSE POUR LA SANTÉ !
UN MÉDICAMENT QUI EXISTE DEPUIS 70 ANS ??!
DU JOUR AU LENDEMAIN FRANGIN
TRUC DE OUF
ÇA PUE L'EMBROUILLE !
À DAKAR NOUS SOMMES DES MIRACULÉS ON EN PREND AU P'TIT-DÉJ DÈS LA NAISSANCE
AH AH OUH OUH
HI HI
LA CHLORO CONTRE LE PALU !
JE LES SOUPÇONNE DE VOULOIR CASER LEUR REMDESIVIR À 2000 BOULES !
HI HI
HA HA
L'AVID-19 !!
LE VIRUS DU PROFIT

SI JE COMPRENDS BIEN
TA CHLOROQUINE...
... C'EST UN VIEUX TAPIN
QU'ON VEUT REMPLACER PARCE QU'IL NE RAPPORTE PLUS ASSEZ !
PRETTY WOMAN
GRATTE GRATTE

TU AURAIS DU VOIR CE VIROLOGUE SE DÉLECTER DE TE POURRIR TOI ET TA CHLOROQUINE
KAGOLE
J'ACTIVE LE MODE "POKER FACE"
JE LES FIXE... IMPASSIBLE...
PRÊT À RÉPLIQUER AVEC MON CROCHET VERBAL
LE PRÉSENTATEUR ME DONNE LA PAROLE
SBOUAC
ENCHAÎNEMENT DIRECT !!
CHIFFRES
SBIM
TESTS
GRAPHIQUES
SPEUAH
RÉAS NON SATURÉES
DITES 33
DOUSTE
TU POURRAIS AU MOINS FAIRE SEMBLANT DE M'ÉCOUTER
J'ENCHAÎNE LES PLATEAUX TÉLÉ POUR TE DÉFENDRE
ET. TOI...
TU RESTES LES YEUX RIVÉS SUR TA TABLETTE !
DOU$TE

CLAP
CLAP
CLAP
TU FAIS QUOI ?
JE M'APPLAUDIS
KAGOLE
DITES 33
DOUSTE
TOUS LES SOIRS À 20 HEURES,
JE ME RENDS HOMMAGE

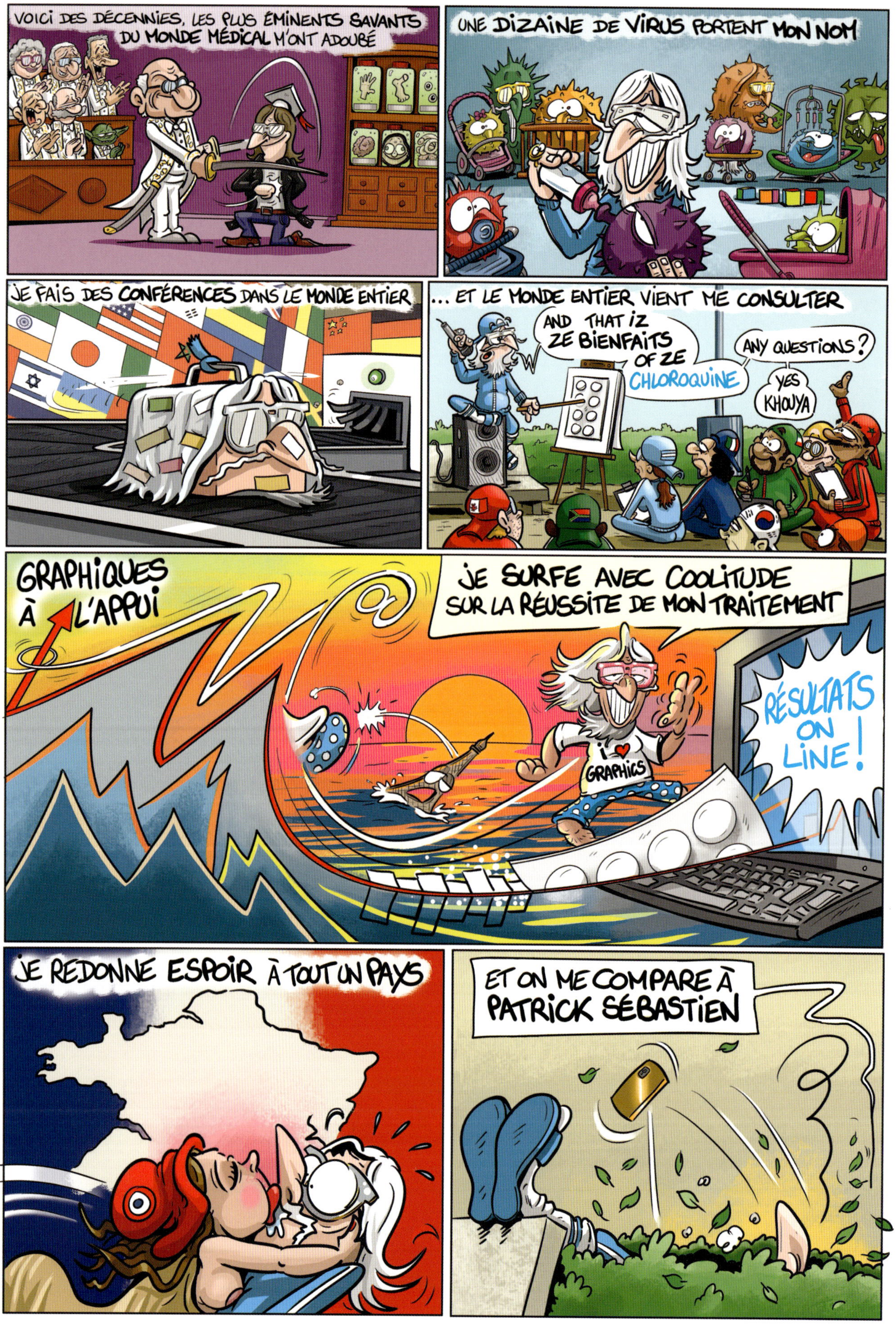
VOICI DES DÉCENNIES, LES PLUS ÉMINENTS SAVANTS DU MONDE MÉDICAL M'ONT ADOUBÉ
UNE DIZAINE DE VIRUS PORTENT MON NOM
JE FAIS DES CONFÉRENCES DANS LE MONDE ENTIER
... ET LE MONDE ENTIER VIENT ME CONSULTER
AND THAT IZ ZE BIENFAITS OF ZE CHLOROQUINE
ANY QUESTIONS?
YES KHOUYA
GRAPHIQUES À L'APPUI
JE SURFE AVEC COOLITUDE SUR LA RÉUSSITE DE MON TRAITEMENT
I ♥ GRAPHICS
RÉSULTATS ON LINE!
JE REDONNE ESPOIR À TOUT UN PAYS
ET ON ME COMPARE À PATRICK SÉBASTIEN

NE SOYEZ PAS EFFRAYÉ
J'AI JUSTE LA MALADIE DES OS DE VERRE
205 GTI
EN ÉTERNUANT HIER, JE ME SUIS DÉPLACÉ LE COCCYX
FÊLÉ LE FÉMUR
ET DÉCLENCHÉ UNE HERNIE DISCALE
MAIS ÇA VA
OUH LAAA ÇA CHATOUILLE
DOUCEMENT J'AI LE NEZ FRAGILE
J'AI OUBLIÉ DE VOUS DIRE...
J'AI UN OEIL DE VERRE

ATCHAAAA
FLIPPE PAS J'AI PAS LE CORONA !
JUSTE UNE ALLERGIE AU POLLEN
JE SUIS EN GALÈRE D'ANTIHISTAMINIQUE
J'APPELLE UN POTE POUR QU'IL ME DÉPANNE
MERCI AERIUS !
J'AI DE QUOI TENIR TOUTE LA SAISON
ON SE REVOIT EN SEPTEMBRE

ALORS LES "RELIGES",
COMMENT SE PASSE CE CONFINEMENT DE CONFESSIONS ?
MAC GEN DAVID
J'AVOUE QUE DEPUIS LA FERMETURE DE LA MOSQUÉE
ÇA SENT MOINS DES PIEDS
POUR MOI, RIEN NE CHANGE
LA MESSE SANS PUBLIC
C'EST TOUS LES DIMANCHES DE L'ANNÉE
ET TOI ?
JE SUIS EN TÉLÉTRAVAIL
C'EST L'ENFER !
JOUR ET NUIT PAR SKYPE LES MÈRES ME PRIENT DE TROUVER UN MARI FEUJ À LEURS FILLES !
RABBI TINDER
MAIS CE N'EST RIEN À CÔTÉ DES CIRCONCISIONS PAR FACETIME !!!
UN PEU DE DOIGTÉ MADAME CHOUKROUN
SANG-FROID ET DOIGTÉ JE VOUS AI DIT !!
VOUS FAÎTES LA CIRCONCISION DE VOTRE PETIT-FILS !!
PAS UNE MARMOUMA

9 AVRIL 2020
ON VA CHECKER QUELQUES DÉTAILS AVANT L'ARRIVÉE DU PREZ'
LES TV SERONT FOCUS SUR VOUS 2
NO BULLSHITT
SINON TON IMAGE EST DEAD
ET DU SMILE
DU SMILE
DU SMILE
POURQUOI LA PORTE-PAROLE DE LA FRANCE SPEAK ENGLISH ?
PARCE QUE ÇA LE FAIT
JE LIKE TON LOOK
MÉCiii
TÉMA LA CHEMISE !!
PAS TROP STRESS DE LE RENCONTRER ?
J'AI MOINS PEUR QUE LUI
SURTOUT RESTEZ VOUS-MÊME
T'INQUIÈÈÈTE MA SOEUR !
LE TYPE QUI ME FERA CHANGER
IL EST PAS NÉ !
OM 93

TU CHERCHES DE LA **CHLORO** FRÈRE ?
MARSEILLE
CHLORO KING
OM 93

LOIN DE MOI L'IDÉE DE DOUTER DE TES CAPACITÉS INTELECTUELLES
MAIS POUR BIEN PIGER LA SITUATION...
CRAC
...RIEN DE MIEUX QU'UN GRAPHIQUE !
LA COURBE ITALIENNE
LA COURBE DOLIPRANE (QUE TES AMIS AIMENT TANT)
ET ENFIN, LA CHLORO COURBE OÙ L'ON VOIT CLAIREMENT UNE AMÉLIORATION AU BOUT DE 4 JOURS
LE GRAPHIQUE A PARLÉ
JE SUIS LE MEILLEUR !
RRRRNNAANN
NNIRFFLLL
P..P..POURQUOI VOUS CRACHEZ SUR VOTRE TRAVAIL ?
J'IMITE VOTRE CONSEIL SCIENTIFIQUE

LA FRANCE A BESOIN DE L'ÉLITE LA FRANCE A BESOIN DE VOUS !
ME PLANQUER DANS UN BUREAU, C'EST PAS MON PROJEEEET
RÉINTÉGREZ LE CONSEIL SCIENTIFIQUE !
NTSSSS
SI VOUS NE LE FAITES PAS POUR MOI FAITES-LE POUR MA FEMME
LA FRANCE ?
NON BRIGITTE
ELLE VOUS ADORE
JE VOIS DÉJÀ LE TABLEAU... ÇA VA PAS LE FAIRE
Pourquoi la Chloro ?
JE ME CONNAIS
ÇA VA PARTIR À LA GIFLE MÉDICALE !
ET PUIS JE N'AI PAS LE TEMPS
CONTRAIREMENT À EUX, J'AI DES PATIENTS À SOIGNER

VOYONS PLUS GRAND CHER AMI !
MINISTRE DE LA SANTÉ
RÉPÈTE UN PEU
POUR VOIR
SI TU AS DE
JE NE FAIS PAS DE POLITIQUE !!!
ET POURQUOI CHANGER DE BOULOT ?!
JE FAIS MAL MON JOB ???

NON... CE N'ÉTAIT QU'UNE VISITE DE COURTOISIE À UN DES PLUS GRANDS SPÉCIALISTES DE NOTRE PAYS RIEN DE PLUS...
ICI ON TESTE ON ISOLE ON SOIGNE
RESTONS PRUDENT SUR LA CHLOROQUINE
WESH MANU !
MARCHANDISE LIVRÉE FRÈRE !!
J'EN AI MIS UN PEU PLUS POUR TOI ET DAME BRIGITTE
ICI ON TESTE ON ISOLE ON SOIGNE
LA FAMILLE
LA FAMILLE

21:36
DIRECT
C'EST UN TYPE SIMPLE... NATURE... ON LE VOIT DANS SA TENUE ET SON LANGAGE
INCONTESTABLEMENT C'EST UN DES PLUS GRANDS SCIENTIFIQUES DU MONDE
MACRON EST ENFIN VENU LE VOIR !
PAS TROP TÔT !!
PARCE QU'ON PROPOSE QUOI COMME TRAITEMENT CONTRE LE COVID ?
RIEN À PART LUI !!!
ARD TAPIE
Face au coronavirus
C'EST LE PREMIER À AGIR ET IL A DES RÉSULTATS ! SEULEMENT 3 DÉCÈS SUR 1000 ! LES CHIFFRES SONT AVEC LUI

MERCI Ô PRÉSIDENT DES PRÉSIDENTS
AUSSI BON QUE DE GAGNER UNE LIGUE DES CHAMPIONS
OM

DÉSOLÉ, LES MINOTS...
MA CHLOROQUINE NE VOUS AIDERA PAS À GAGNER LES MATCHS
FAUDRA MOUILLER LE MAILLOT
MARSEILLE
MASSILIA SOUND SYSTEM

ALLEZ LES JEUNES... FAITES KIFFER UN VIEUX SUPPORTER !!

AUJOURD'HUI, JE SUIS LE SEUL MARSEILLAIS AU MONDE...
ALLEZ L'OM
À VOIR JOUER L'OM !!

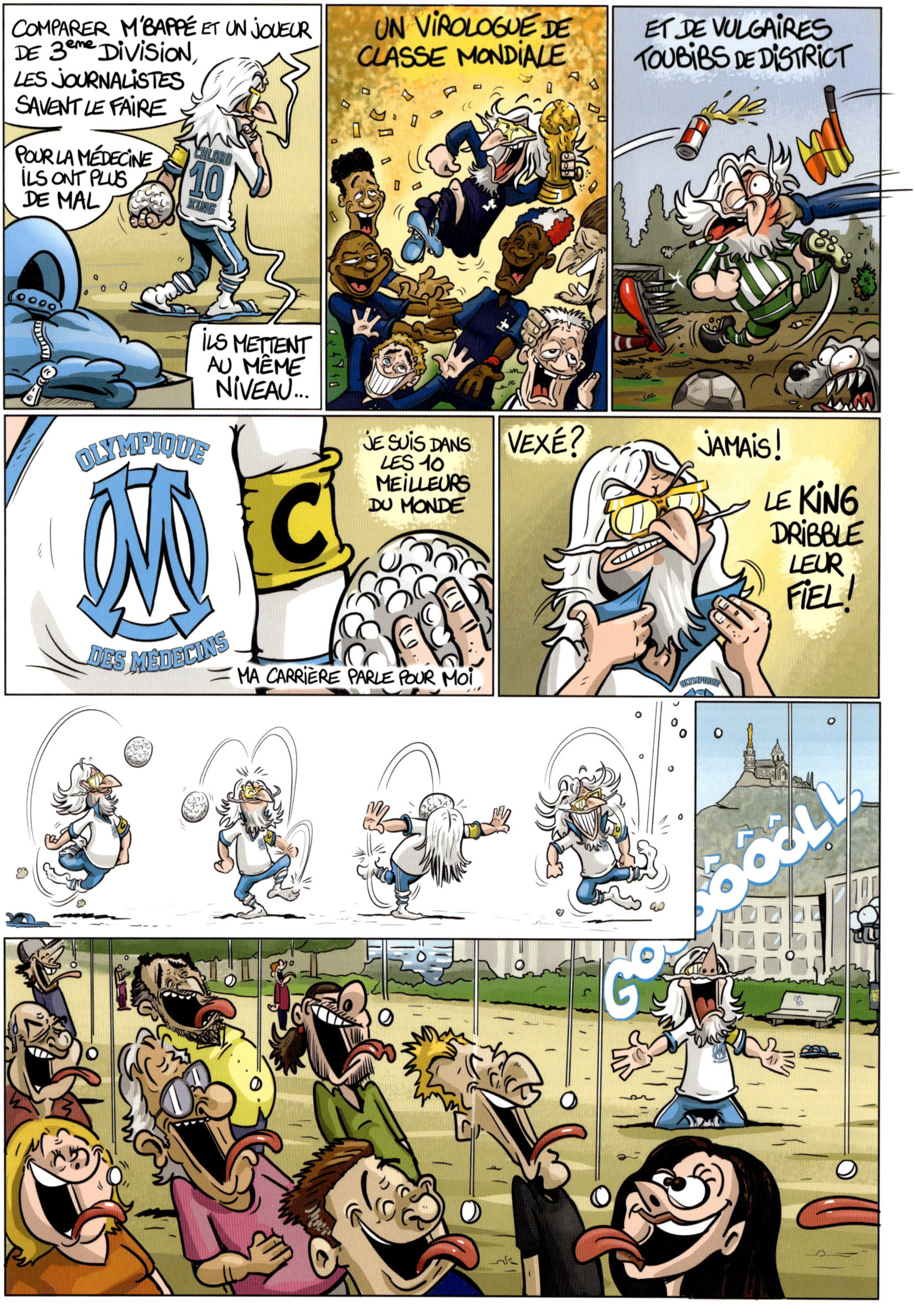

COMPARER M'BAPPÉ ET UN JOUEUR DE 3ème DIVISION, LES JOURNALISTES SAVENT LE FAIRE
POUR LA MÉDECINE ILS ONT PLUS DE MAL
CHLORO 10 KING
ILS METTENT AU MÊME NIVEAU...
UN VIROLOGUE DE CLASSE MONDIALE
ET DE VULGAIRES TOUBIBS DE DISTRICT
OLYMPIQUE DES MÉDECINS
C
JE SUIS DANS LES 10 MEILLEURS DU MONDE
MA CARRIÈRE PARLE POUR MOI
VEXÉ?
JAMAIS!
LE KING DRIBBLE LEUR FIEL!
GOOOOOOL!

VOUS VENEZ DE PARIS SPÉCIALEMENT POUR ME VOIR ?
OUI
MON ONCLE A LE COVID
AIDEZ-LE ! IL SE ROULE PAR TERRE DE DOULEUR
COMME NEYMAR QUAND ON L'EFFLEURE ?
PIRE !
OH FADA C'EST GRAVE !

TOUJOURS GILET JAUNE MALGRÉ LE COVID ?
PLUS QUE JAMAIS !
JE ME SUIS CONFINÉ SUR LE ROND-POINT
PAS TROP DUR ?
JE NE VOUS CACHE PAS QUE JE COMMENCE UN PEU À TOURNER EN ROND !

MON STOCK DE CHLORO S'ÉPUISE !
JE SUIS VICTIME DE MON SUCCÈS
QUE VAIS-JE FAAAAAiiiiiRE ?!
J'AI PEUT-ÊTRE UNE SOLUTION
CHLORO QUINE
ROBERT NESTA
PASTEUR

QUEL DÉGÂT !
POURQUOI AVOIR ATTENDU ?
REGARDEZ DANS QUEL ÉTAT VOUS ÊTES
VOUS DEVIEZ VENIR DÈS LES PREMIERS SYMPTÔMES
CETTE MANIE DES HOMMES POLITIQUES DE TOUJOURS TOUT REMETTRE AU LENDEMAIN !!
OM
I ♥ BREXIT

MERCI POUR LA CHLOROQUINA
AU NOM DU BRASIL, JE VEUX VOUS FAIRE UN CADEAU
ON CHOISIT PAS SES PATIENTS
ON CHOISIT PAS SA FAN-LIST
ET SI JE VOUS DÉGAGEAIS LA VUE ?
PAS TOUCHE À LA FORÊT !!!

THANKS FOR CHLORO !
AUSSI GOOD QUE LA JAVEL
YES !
LA JAVEL ?!
THE BEST POUR ÉLIMINER THE COVID
LA JAVEL EST UN POISON
AUSSI DANGEREUX QU'UNE ARME !
UNE ARME...
JAVEL
IL EST PLUS FOU QUE LE BRÉSILIEN

JE SAIS... JE T'AI ZAPPÉ MA CHLORO QUEEN
JE N'AI PLUS UNE MINUTE À MOI
CHLORO KING
CHLORO KING
MASSILIA SOUND SYSTEM
13:42
JE CONSULTE H-24 !
JE CROULE SOUS LES DEMANDES DE CHLORO
JE TAFFE JOUR ET NUIT
LE DO MAC
DU MEDOC
...OBLIGÉ DE ME MAQUER
SEUL, JE NE M'EN SORTAIS PLUS...
AVEC UN LIVREUR !
OM 93
MASSILIA SOUND SYSTEM
HUBERT EATS

GRRRRRRRR

VOUS FAITES QUOI ???
JE ME METS À VOTRE NIVEAU !
MASSILIA SOUND SYSTEM

LA HLORO C'EST QUOI ?
ZÉRO ! NUL ! INDIGNE ! UN COURS DE RATTRAPAGE S'IMPOSE !
JE VOUS AVERTIS,
À LA PREMIÈRE QUESTION BÊTE...
JE ME CASSE !!

TU Y ES ALLÉ UN PEU FORT NON ?!
JE LES AI DÉ..ROU...ILLÉS !
C'EST LEUR FAUTE AUSSI !
PLUS JE LEUR EN METS DANS LA GUEULE PLUS ILS EN REDEMANDENT
MERFI ON F'APPELLE EN DÉBUT DE FEMAINE

37°2 LE MATIN
R.A.S
JE NE TE FAIS PAS SAUTER TON PERMIS DE SOIGNER

HARCELÉ FRÉROT !
J'FAIS AUTANT DE SELFIES QUE D'ORDOS !!
DINGUE CETTE CÉLÉBRITÉ !
HÉÉÉ NON ! T'INQUIÈTE PAS !!
CONTRAIREMENT AUX MALADES
JE GARDE LA TÊTE FROIDE !
AH AH AH
BLAGUE MÉDICALE
PAR RAPPORT À LA FIÈVRE
LAISSE TOMBER
TANT QUE JE NE DEVIENS PAS NARCISSIQUE
TOUT VA BIEN !
Chuuut ! Taisez-vous
Ben
I ♥ PARIS
Massilia Sound System

JE NE CHERCHE PAS LES MÉDIAS
C'EST EUX QUI VIENNENT À MOI !
N'AIE PAS D'INQUIÉTUDE
JE GARDE LA TÊTE SUR LES ÉPAULES
CONTRAIREMENT À LAVOISIER
HA HA HA HA HA
VANNE SCIENTIFIQUE
IL A FINI GUILLOTINÉ
FRÉROT, JE DOIS TE LAISSER
ON M'ATTEND POUR UN DIRECT TÉLÉ
NOOOOOOOON… J'ABUSE PAS !
TRANQUIIILLE JE GÈRE
PAS D'OVERDOSE MÉDIATIQUE
LA RECETTE D'AUJOURD'HUI
"BOUILLABAISSE PHOCÉENNE SAUCE CHLOROQUINE"
HÉ HÉ HÉ HÉ HÉ
SACRÉ LIGNAC
J'EN SALIVE DÉJÀ
Chloro King
Manon, Lionel et Noé
Cyril Lignac
CHLORO CHEF
CHLORO FOOD

à Albert Uderzo

SALUT MAN, JE CHERCHE UN GARS DU COIN QUI FOURNIT DE LA CHLOROQUINE
SON TRAITEMENT SOIGNERAIT LE COVID
TU SAIS OÙ JE PEUX LE TROUVER ?
C'EST À MOI QUE TU PARLES LÀ ?
OH WOW WOW WOW
C'EST À MOI QUE TU PARLES ?
HEY MEC, C'EST À MOI QU'IL PARLE CET ENC
C'EST À MOI QU'IL PARLE PUTAI
C'EST À MOI QUE TU PARLES COMME ÇA MEC
LE MONDE ENTIER ME CONNAIT ET JE TOMBE SUR LE SEUL GUGUSSE QUI N'A JAMAIS VU MA TRONCHE !
VA TE RENSEIGNER ! CONFINÉ DU BULBE
PARDON MONSIEUR KING
DÉSOLÉ POUR L'AFFRONT
HONTE SUR MOI
JE SUIS INDIGNE

23 AVRIL 2020
ALERTE INFO !
FUMER SERAIT BON CONTRE LE COVID
OUIIIII... BIEN SÛÛUR...
ET TAPER DE LA COKE ÇA SOIGNE LA RHINO
OM
CIGARETTES
CLOPES
TIGES
GAROS
CIBICHES
UN P'TIT PAQUET JOLIE DAME ?
LE TABAC ABAT LE CORONA
L'ONT DIT À LA TÉLÉ !
LA CHLORO C'EST LE PASSÉ !!
TOTALEMENT HAS BEEN

PÉKIN VS PANAME
LE MATCH DES GRANDS SOIGNANTS
LES NADAL / FEDERER DES URGENCES SATURÉES
PETITE "PAUSE SPORT" ENTRE 2 RÉAS ??
HA HA HA HA
FILET !
PRENDS DE LA CHLORO T'AURAS UN MEILLEUR REVERS
17-18
NON 16-18 !
J'AVAIS 17
FAUX... 16 !
17
16
17
16
OH ! LES MECS...
??
SANS DÉCONNER !
MÊME AU PING-PONG VOUS TRICHEZ SUR LES CHIFFRES ?!

ALPHA BLONDY
BRIGADIER SABARI
MIIIAA
OH FATCHE DE CHLOROQUINE !
L'ALERTE GÉNÉRALE
OM 93
ON T'A RECONNU !
MÊME GRIMÉ EN VIEILLE SALOP
ÊÊÊH PAS COOL ! J'ÉTAIS EN GENTILLE MAMIE
ARS
ARS
OMS
OH... L'OMS... T'AS UN BLÈME AVEC LA CHLORO ?
UNE ÉTUDE PROUVE SA DANGEROSITÉ
4 PINGOUINS INCONNUS AU BATAILLON, SORTENT UNE ÉTUDE FARFELUE ET VOUS DÎTES "AMEN" !
ÉTUDE SORTIE HIER DANS LE LANCET
J'AI PUBLIÉ DANS LE GRAND LANCET
MAIS LÀ IL EST DEVENU TOUT PETIT !
C'EST DU LANCET DE NAIN !
TON ÉTUDE PUE L'HISTOIRE DE GROS SOUS !
MON TRAITEMENT EST ACCESSIBLE À TOUS LES ÊTRES HUMAINS !
DU PLUS AISÉ AU PLUS MISÉRABLE
DONNER LA POSSIBILITÉ AU MONDE ENTIER DE SE SOIGNER
VOUS Y PENSEZ ?
BIEN SÛR
ON NE PENSE QU'À ÇA !!

ELLE EST TOXIQUE MA CHLOROQUINE ?
EN AUTO-MÉDICATION, OUI !
ET LE DOLIPRANE C'EST PAS DANGEREUX ?!
ELLE ENTRAÎNE DES SOUCIS CARDIAQUES
ET LUI BOUSILLE LE FOIE !!
WANTED
VOUS GAVEZ LES COVIDIENS AVEC !
VOUS N'AVEZ RIEN TROUVÉ D'AUTRE POUR KEN CE VIRUS
MOI AU MOINS JE TENTE DES TRUCS
JE NE SAIS PLUS QUOI FAIRE POUR PROUVER L'EFFICACITÉ DE MON TRAITEMENT
J'ATTENDS PAS LA RÉA
BIG DATA
ESTROSI
SANS CHLORO
AVEC CHLORO
PUBLICATIONS REVUES
PEINE PERDUE FRÉROT !
FACE AUX K-DOS DES LABOS
MA CHLORO EST K.O
ESCAMPÉE DE L'HOSTO
DIRECT À L'EPHAD DES PHARMACO
REMDESI VIRE LA CHLORO
L'EUROPE ACHÈTE 1 MILLIARD D'EUROS DE REMDESIVIR SANS SAVOIR S'IL FONCTIONNE !
Y'A DE QUOI SE POSER DES QUESTIONS
COMPLOTISME !
J'AI SAUVÉ DES PATIENTS DE PLUS DE 80 ANS
LE FRUIT DU HASARD
MARSEILLE EN VERT PARIS ET L'EST EN ROUGE
VOUS TESTEZ MON TRAITEMENT EN LE DONNANT AU MAUVAIS MOMENT
EXCUSE BIDON
LES GOÛTS ET LES COULEURS
MANIGANCES POUR REMPLACER LE PLUS VIEUX MÉDOC DU MONDE PAR UN NOUVEAU 100 FOIS PLUS CHER !!
FAUT VIVRE AVEC SON TEMPS
J'EMPÊCHE LA MALADIE DE SE DÉVELOPPER
COUP DE BOL
OK... J'AI COMPRIS MES PREUVES, TU T'EN BALEK !
MA RÉUSSITE NE SERAIT DUE QU'À LA CHANCE
VOUS ALLEZ OÙ ??
AVEC UNE BARAKA PAREILLE...
...JE TRACE DIRECT AU CASINO !
IL M'A CONVAINCU
J'OSAIS PAS LE DIRE

IL ME FAUDRAIT... HUM... QUELQUES CARTONS DE ... HUM... CHLOROQUINE
ici ON TESTE ON ISOLE ON SOIGNE
HA HA JE LE SAVAIS !
EN PUBLIC, ON ME TRAITE DE CLOWN SAVANT FOU...
ET EN LOUCEDÉ ÇA PRESCRIT MON TRAITEMENT !!!
LÂCHEURS !
TU VIENS ACCOMPAGNÉ, TU AS PEUR DE MOI ?
JE LES AI PRIS POUR OBTENIR UN TARIF DE GROUPE
L'HÔPITAL PUBLIC N'A PLUS DE BUDGET
ASPHYXIE FINANCIÈRE
S'IL VO PLAÎT

PAS BESOIN DE TE CACHER, CHLORO !
JE T'AMÈNE UNE BONNE NOUVELLE
MON TRAITEMENT EST VALIDÉ ?!
RÊVE PAS NON PLUS
ON A DU NOUVEAU DANS L'ENQUÊTE SUR LES MENACES DE MORT QUE TU AS REÇU EN MARS
DIMOICÉKI ?!
L'APPEL VIENDRAIT DU CHU DE NANTES EN BRETAGNE
FAIS MOINS LE MARIOLE
TU COMMENCES À AGACER TES CONFRÈRES
UNE HISTOIRE LOUCHE AUTOUR D'UNE BOÎTE LE "REMDESIVIR"
LE REMDE COMME PAR HASARD !
SÛREMENT UN CLUB ÉCHANGISTE
FILEZ-MOI SON NOM QUE J'AILLE LE CHOPER !
ON EST SUR UNE PISTE... UN CERTAIN LÉAD
GUY LÉAD

SANS PLACEBO
MA CHLORO N'EST PAS RÉGLO ???
LE FAUX PLAN QUE VOUS ME FAITES
J'AI RÉGLÉ LES RISQUES CARDIAQUES
JE REFILE DE L'HYDROXY CHLORO
ELLE FRACASSE MOINS
ADMETTONS... JE DONNE QUOI COMME PLACEBO À MON MALADE?
DES MENTOS?
DES GENS SOUFFRENT VOUS ÊTES AU COURANT ?!
QUOI ?!! POUR PARTICIPER AUX ESSAIS RANDOMISÉS LE PATIENT DOIT DONNER SON ACCORD?
ÉCOUTEZ... LE PLUS SIMPLE...
EXPLIQUEZ-LUI VOUS-MÊME

IL A SONNÉ?
NON TOUJOURS PAS
MÊME PAS UN TEXTO
2 MOIS QUE NOS ÂMES SE SONT CROISÉES
DEPUIS SILENCE RADIO
MON TAUX DE MORTALITÉ, LE PLUS BAS DU PAYS, NE LUI A PAS TAPÉ DANS L'OEIL
JE REVOIS SES GRANDS YEUX D'ADO BUVANT MES PAROLES...
J'ENTENDS ENCORE SON PETIT CHEVEU SUR LA LANGUE, SENTANT BON LA CIRE COIFFANTE, ME ZOZOTANT: "ON VA SE REVOIR... INCESSAMMENT SOUS PEU"
TU PARLES! DES PROMESSES
TOUJOURS DES PROMESSES TOUS LES MÊMES!
QUEL GOUJAT CE MINISTRE DE LA SANTÉ!
MASSILIA SOUND SYSTEM

JE NE SUIS PAS LE PREMIER GÉNIE À ÊTRE CONTESTÉ
D'AUTRES L'ONT ÉTÉ AVANT MOI
GALILÉE
LAVOISIER
PASTEUR
ME TRAITER DE LA SORTE
QUEL HONNEUR

JE TESTE
ON ME DÉTESTE
OM

POLNAREFF
BIGARD
ALLEZ TOUS
MYLÈNE DEMONGEOT
VÉRONIQUE GENEST
BERNARD MENEZ
C'EST PAS UN COMITÉ DE SOUTIEN
C'EST LA FERME CÉLÉBRITÉS

JE CRAINS DE L'AVOIR CHOPÉ SA MÈÈÈRE
LE COVID ?
NON
LE VIRUS DE LA CÉLÉBRITÉ
KAGOLE
33
DOUSTE
TOUT LE MONDE VEUT FAIRE DES SELFIES AVEC MOI
MÊME MA FAMILLE
T'EXAGÈRES
JE TE LE JURE SUR LA TÊTE DE PASTEUR
UNE BELLE SALOPERIE CROIS-MOI
JE SUIS CONDAMNÉ À VIVRE AVEC

4 MAI 2020
DÈS LE 11 MAI, DÉCONFINEMENT PROGRESSIF AINSI EN A DÉCIDÉ LE "MONSIEUR DÉCONFINEMENT" DU PRÉSIDENT
D'OÙ IL SORT CELUI-LÀ ?
CHKOUN HADA ?
IL EST DOCTEUR ?
IL A UN BEP DÉCONFINEUR ?
LE DÉCONF' SERA TOTAL À PARTIR DU 2 JUIN
IL N'Y AURA AUCUNE RESTRICTION KILOMÈTRIQUE
AVEC LUI C'EST TOUT OU RIEN
APRÈS 2 MOIS D'ABSTINENCE C'EST OPEN BAR !
LES ZONES ROUGES CONTAMINERONT LES ZONES VERTES UN MOJITO À LA MAIN
LES FRONTIÈRES SERONT OUVERTES
LE PERSONNEL SOIGNANT N'EST PAS PRÈS DE PRENDRE DES VACANCES
CET ÉTÉ, LES PLAGES SERONT BONDÉES DE TOURISTES
POUR LE CORONA C'EST NOËL EN JUILLET
À LA RENTRÉE, LES CHIFFRES VONT REDÉCOLLER
MARSEILLE VA PASSER LEADER DES CONTAMINATIONS ET ÇA VA ENCORE ME RETOMBER SUR LA GUEULE !

JE NE FAIS JAMAIS DE
PRÉ- -DIC -TION
EN QUELLE LANGUE IL FAUT VOUS LE DIRE
VOUS, VOUS RÉAGISSEZ AU JOUR LE JOUR MOI JE PRENDS LE TEMPS D'ANALYSER
JE NE VOIS PAS DE SECONDE VAGUE !
ON EST DANS LA SCIENCE -FICTION
MAIS ELLE DÉPENDRA DE LA POLITIQUE DE DÉCONFINEMENT
MOYENNANT FINANCE
ON PEUT LEUR ANNONCER TOUTES LES VAGUES QU'ILS VEULENT !

ON M'A DIT QUE VOUS POURRIEZ M'AIDER
NOUS SOMMES SPÉCIALISTES DE LA **NOUVELLE VAGUE**
MON P'TIT...
PAS DE LA FECONDE VAGUE

VOUS FAÎTES QUOI DANS LA VIE ?
INSPECTEUR DES IMPÔTS
PARFAIT !
VOUS DEVEZ AVOIR UN COEUR DE PIERRE !!
AUCUN RISQUE CARDIAQUE

7 MAI 2020
LA SULFATEUSE À PV EST DE SORTIE ?
AFFIRMATIF !
135€ D'AMENDE À CELUI QUI OUBLIE LE **MASQUE** !!
COMMENCE PAR ALIGNER LE GOUVERNEMENT !!
C'EST LE PREMIER À AVOIR OUBLIER LES MASQUES

15 MAI 2020
LA GRIPPE ESPAGNOLE... 150 MILLIONS DE VICTIMES
DES DIZAINES DE MILLIONS DU CHOLÉRA
2 MILLIONS PAR AN DU SIDA
50 MILLIONS DE LA PESTE
LE COVID 300 000 ?!
JE T'AI CONNU PLUS EN FORME
TU TE FAIS VIEILLE

UN RECOMMANDÉ POUR MONSIEUR KING
C'EST MOI
Monsieur King Chloro
Cité FHU
13000 Marseille
JE SAIS ON PEUT FAIRE UN SELFIE ?
Cher M. King,
la Commission d'Enquête Parlementaire vous convoque le 24 juin 2020 pour répondre à un interrogatoire sur la gestion de crise du Covid-19 face aux députés de l'Assemblée Nationale
M. le Président de la République
WAAAAH
C'EST LE SUMMUM DE LA GARDE À VUE COUSIN !
RESPECT !
OM 13

VIVEMENT LE DÉCONFINEMENT
...QUE JE ME CONFINE PÉPÈRE À LA MAISON

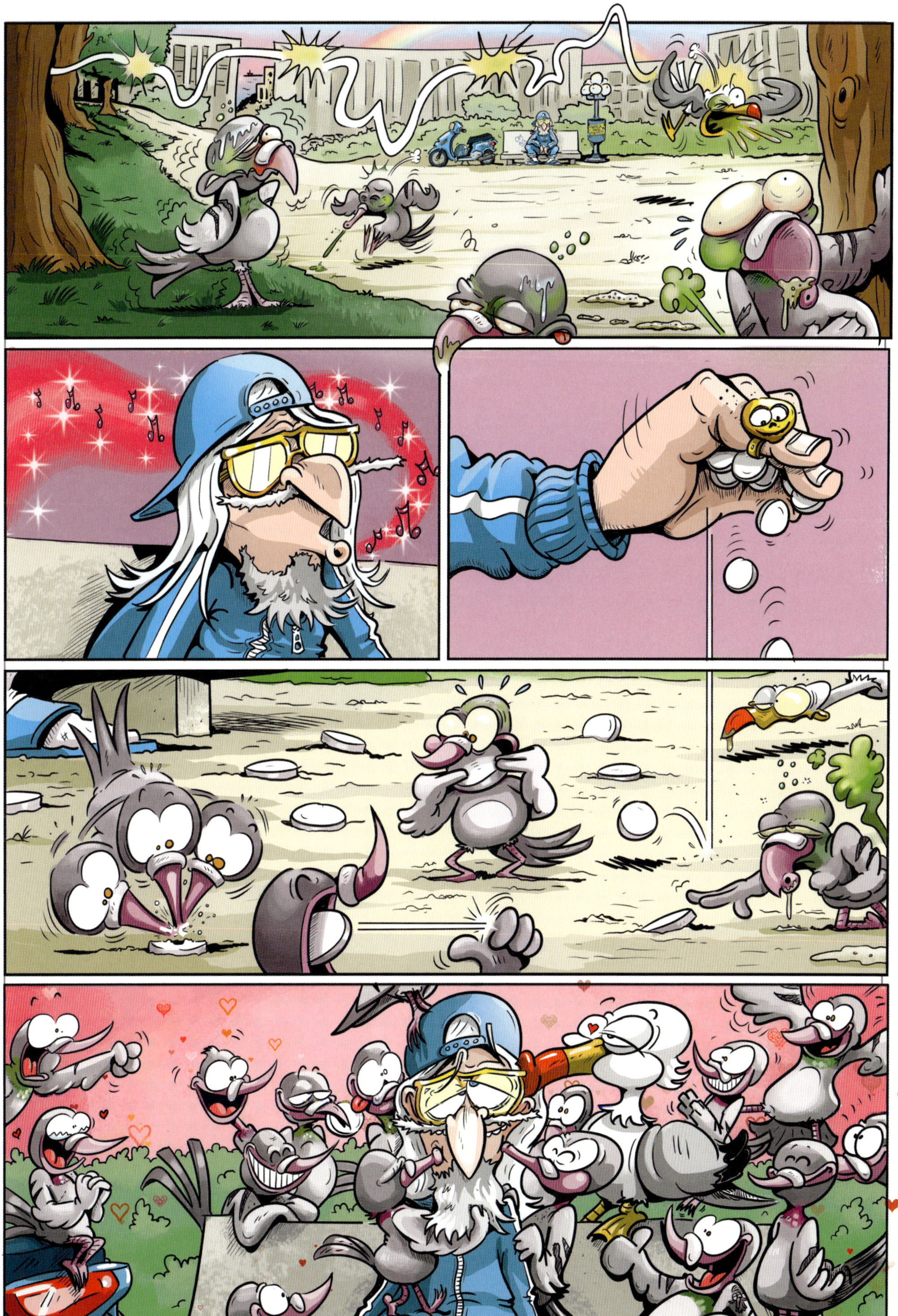

2 JUIN 2020
C18H26ClN3+C3817N2012=NTR
MASSILIA SOUND SYSTEM
JE NE FAIS JAMAIS DE PROPHÉTIE
MARSE
MAIS UNE CHOSE EST SÛRE...
TANT QUE LE VIRUS SERA LÀ...
JE SERAI LÀÀÀÀÀÀÀÀÀ

À JAMAIS
LE PREMIER
HÔPITAL DE LA TIMONE
CLINIQUE DENTAIRE FERNANDEL
CITÉ IHU
MARSEILLE
ÉCOLE M.PAGNOL
ÉCOLE DU MICRO D'ARGENT
FACULTÉ DE DROIT B.TAPIE
TAXIS
TAXI
TAXI
LICE
IONALE
VÉLODROME
#QUESKON VA KESKON FAIT

à mes Chloro Queens...

Du même auteur

Collection NICOLLIN (5 Tomes)

- Une Vie de Foot !
- Poubelle la vie !!
- Langue de But !!!
- Loulou Ferrari !!!!
- Avec deux ailes

Hors-série

- 40 ans de Folie (Anniversaire 40 ans du MHSC)

- L'Avis de Rocco

Retrouvez l'univers de **CHLORO KING** et de **DADOU** sur

www.dadoubd.com

Goodies, dessins originaux, caricatures, dessins live, infos, dédicaces...

IMPRIM'VERT®

CHLORO K
OM
93